CW00499540

Daioni
RILY
Tu mewn!

Cyhoeddwyd gan Rily Publications Ltd 2021

Rily Publications Ltd, Blwch Post 257, Caerffili CF83 9FL

Hawlfraint yr addasiad © Rily Publications Ltd 2021


Addasiad gan Bethan Mair

Cyhoeddwyd gyntaf yn Saesneg yn 2020 dan y teitl *Respect* gan
Oxford University Press, Great Clarendon Street, Oxford OX2 6DP

ISBN 978-1-84967-640-3

Hawlfraint y testun © Oxford University Press 2021

Cedwir pob hawl.

Argraffwyd yn China

Mae'r cyhoeddwr yn cydnabod cefnogaeth ariannol
Cyngor Llyfrau Cymru


www.rily.co.uk

GEIRIAU MAWR I BOBL FACH

Helen Mortimer a Cristina Trapanese

# Parch

## Respect

RILY

# Unigryw

Mae pawb yn wahanol. Does neb yn union yr un peth.

Yn union fel olion ein bysedd!

# Dymuniadau

Mae gan bawb ei syniadau,
gobeithion a meddyliau.
Ddylen ni byth ofni dweud beth
ydyn nhw.

# Cyfri

Dim ots a ydyn ni'n ifanc neu'n hen, dim ots sut rydyn ni'n edrych na beth rydyn ni'n ei gredu neu'n feddwl... mae bywyd pawb yn cyfri.

# Tegwch

Os byddwn ni'n gweithredu gyda'n gilydd gallwn wneud ein byd yn lle mwy teg.

DIM MWY O FWLIO!
RHO'R GORAU I YMLADD!
DYLAI PAWB FOD YN GYFARTAL!

8

# Derbyn

Pan fyddwn ni'n croesawu a derbyn ein gilydd ac yn mwynhau pethau newydd gyda'n gilydd, mae ein byd ni'n tyfu, nid yn mynd yn llai.

# Trin

Cofia drin pawb rwyt ti'n ei gyfarfod yn garedig er mwyn iddyn nhw deimlo eu bod nhw'n cael gofal a'u bod nhw'n bwysig.

# Cwrtais

Mae'n gwrtais meddwl am bobl sydd o dy gwmpas, a deall beth allen nhw fod eisiau.

# Rheolau

Gallwn ni barchu lleoedd a phethau drwy ddilyn rheolau

TAFLWCH EICH SBWRIEL I'R BIN!

PEIDIWCH Â CHYFFWRDD PLIS!

# Fy un i a dy un di

Mae gan bawb gorff a bywyd sy'n perthyn i ni.

Dylen ni allu dweud bob amser beth rydyn
ni eisiau'i rannu o'n hunain, a beth dydyn ni
ddim eisiau'i rannu.

18

# Codi llais

Os wyt ti'n clywed geiriau creulon, amharchus, meddylia beth alli di ei ddweud i achosi newid.

**Drewllyd!**

**Ti'n dwp!**

**Hyll!**

**Dim ots amdanat ti!**

**Dy fai di yw hyn!**

# Pa eiriau fyddet ti'n eu defnyddio?

Dyna greulon!

Paid â galw enwau ar bobl.

Rwyt ti'n anghwrtais.

Dydy hynny ddim yn wir.

Ddylet ti ddim dweud hynny.

20

# Bod yn falch

Os ydyn ni'n hyderus, yn gryf ac yn falch o bwy ydyn ni, gallwn ni rannu ein storïau a dysgu oddi wrth ein gilydd.

Gallwn ni fwynhau beth sy'n wahanol am ein gilydd.

22

# Parch

Gadewch i ni gredu yn ein hunain,
parchu ein gilydd a gofalu am ein byd!

24

# Deg syniad ar gyfer cael y gorau o'r llyfr hwn

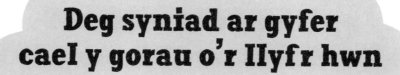

**1** Cymerwch eich amser, mae yna gymaint o bethau i'w trafod yma.

**2** Beth sy'n gwneud i chi deimlo'n bwysig, a'ch bod yn cael eich parchu ac yn derbyn gofal?

**3** Sut fyddech chi'n disgrifio parch mewn geiriau?

**4** Dydyn ni ddim wedi rhoi enwau i'r plant yn fwriadol – gallwch chi ddewis eu henwau, ac efallai ddyfeisio rhywbeth am eu personoliaeth efallai?

**5** Beth am ddewis caneuon gyda'ch gilydd i greu eich rhestr caneuon parch eich hun, a thrafod y geiriau neu'r neges?

**6** Beth am drafod beth allai fod wedi digwydd cyn ac ar ôl pob eiliad a welir yn y llyfr?

**7** Beth am drafod sut allwch chi ymgorffori parch ym mhopeth wnewch chi bob dydd, hyd yn oed rywbeth fel mynd i'r siop?

**8** Drwy archwilio ac adnabod y ffyrdd niferus rydyn ni'n dangos parch, gobeithio y bydd y llyfr hwn yn rhoi'r offer angenrheidiol i blant a'r oedolion yn eu bywyd ar gyfer gwneud synnwyr o'u teimladau ac o'r byd o'u cwmpas.

**9** Beth am roi cynnig ar ysgrifennu a darlunio rhai dymuniadau ar gyfer eich 'coeden ddymuniadau' eich hunan neu greu celf bysedd?

**10** Beth yw eich hoff air am barch o'r llyfr – mae'n debyg y bydd yn wahanol bob tro y byddwch chi'n rhannu'r stori!

# Ten ideas for getting the most from this book

**1** Take your time, there are so many things to discuss here.

**2** What makes you feel important, respected and cared for?

**3** How would you describe respect in words?

**4** We deliberately haven't given the children names - you can choose their names, and maybe invent something about their personality?

**5** Why not choose songs together to create your own respect song list, and discuss the words or message?

**6** Why not discuss what might have happened before and after every moment in the book?

**7** Why not discuss how you can build respect into everything you do every day, even something like going to the shop?

**8** By exploring and recognizing the many ways in which we show respect, we hope that this book will provide children and adults with the tools they need in their lives to make sense of their feelings and the world around them.

**9** Why not try writing and drawing some wishes for your own 'wish tree' or create finger art?

**10** What's your favourite word for respect from the book - it's probably different every time you share the story!

# Geirfa | Glossary

**amharchus** | os wyt ti'n amharchus rwyt ti'n anghwrtais a dwyt ti ddim yn garedig iawn

**disrespectful** | if you are disrespectful you are rude and not very nice

**creulon** | pan fydd rhywbeth yn greulon, mae'n gwneud i ti deimlo'n ddrwg

**hurtful** | when something is hurtful, it makes you feel upset

**rhannu** | os wyt ti'n rhannu rhywbeth, rwyt ti'n ei ddangos neu'n dweud amdano wrth rywun arall

**share** | if you share something, you show or tell it to someone else

**lleihau** | os oes rhywbeth yn lleihau, mae'n mynd yn llai

**shrink** | if something shrinks, it gets smaller

**gweithredu** | byddwn ni'n gweithredu pan fyddwn ni eisiau newid rhywbeth neu ddatrys problem

**take action** | we take action when we want to change something or solve a problem

# Parch!
## Respect!

**1-2**
**Unigryw / Unique**
Every one of us is different. No one is exactly the same.
*I am me!*
*You are you!*
Just like our fingerprints!

**3-4**
**Dymuniadau / Wishes**
We all have our own ideas and hopes and thoughts. We should never be afraid to say what they are.

**5-6**
**Cyfri / Matter**
Whether we are young or old, however we look and whatever we believe or think . . . all our lives matter.

**7-8**
**Tegwch / Fairness**
If we take action together we can make our world a fairer place.
No more bullying!
Stop the fighting!
We should all be equal!

**9-10**
**Derbyn / Accept**
When we welcome and accept each other and enjoy new things together, our own world grows and does not shrink.

**11-12**
**Trin / Treat**
Remember to treat everyone you meet with kindness so that they feel cared for and important.

**13-14**
**Cwrtais / Polite**
It is polite to think of those around you and understand what they might need.
*Shhhh!*
*Sorry!*

**15-16**
**Rheolau / Rules**
We can respect places and things by following rules.
Throw away your rubbish!
Please don't touch!

**17-18**
**Fy un i a dy un di / Mine and yours**
We all have a body and a life that belongs to us.
My SPACE
We should always be able to say what we want to share about ourselves and what we don't.

**19-20**
**Codi llais / Speak up**
If you hear hurtful, disrespectful words think about what you can say to make a change.
*Stinky!*
*You're stupid!*
*Who cares about you?*
*Ugly!*
*It's all your fault!*
What words would you use?
*That's mean.*
*Don't call people names.*
*You're being rude.*
*That's not true!*
*You shouldn't say that.*

**21-22**
**Bod yn falch / Be proud**
If we are confident, strong and proud of who we are, we can share our stories and learn from each other.
We can enjoy the differences between us.

**23-24**
**Parch / Respect**
Let's believe in ourselves, respect each other and look after our world!